夢のように

—苗田英彦作品集2—

苗田英彦

NAEDA Hidehiko

文芸社

目次

夢のように

遠い未来にも、語り継がれようとする物語は存在している。この物語は、今から数万光年先にある時代の話である。

新皇帝歴千八百六十年（すなわち宇宙歴九千六百三十四年）頃、人類は惑星移住計画を一通り終えていた。次の時代に向けての辺境開発計画が停滞化の傾向を見せ始めていた。新銀河恒星連邦では、人類最後の移民計画である実験的なパイロットプランを実行しようとしていた。

選ばれた若者たちは、ケンイチ、ショウイチ、キリ、マリ、リュウジの五名であった。年齢は、ケンイチが二十五歳、ショウイチ二十四歳、キリ、マリは二十二歳、リュウジは二十一歳であった。このパイロットプランの背景には、次のようなことが反映されていた。

新皇帝歴（以下皇歴と省略する。）千八百年代は未知なる宇宙への進出も次第に鈍化していき、もはや辺境開発も成立しなくなっていた。進化論の要不要の説にも起因するような未熟児や障害児の誕生も多くなり、さらには成長期においても人類の運動機能が鈍化する傾向にあった。人類は新たなる計画であるシビリアン・プランの実行に移行しようしていた。この計画の詳細は当局によって、極秘事項にされており、一部の科学者のみが掌握していた。マスコミ関係者も新計画の名称だけが独り歩きするような現状であった。

また、宇宙物理学や新宇宙学の進歩で、ある仮説が現実味を帯びるようになってきていた。すなわち、宇宙の存在する空間全域が一つの空域と呼ばれるいくつかの区域で構成されており、別の空域にも少なからず宇宙が存在しているということが証明されるようになってきていた。この計画はこのような背景のもとで生まれたものである。

＊＊＊＊

皇歴千六百六十九年四月吉日、銀河の果てにあるイスカンダラス銀河団にある惑星コンドラにケンイチたちは呼び出される。そこには新銀河恒星連邦惑星協議会の本部があり、評議員会の議場に出向いて指示を仰いだ。議長のゼロアはこう指示を出した。

「皇歴千八百七十年代初頭には、新たなる空域を発見してほしい。この空域をサターン空域と命名し、未知との遭遇や新たなる惑星移住計画を模索していただきたい。クルーより質問があれば何なりとせよ。」

「例のシビリアン・プラン8はいかがいたしましょう。」

「いわば君たちは宇宙の放浪者として扱われる。いわゆる、適正な惑星を発見したら、そこで計画の実行に移ってもらいたい。」

「ゼロア様、たった五人でそのようなことを実行せよとおっしゃるのですか。」

「君たちは、いわば先駆者となるべき人たちなのだ。これは神の思し召しには背くかもしれないが、新創世記とも言うべきものになるだろう。君たちの幸運を祈っている。」

「了解しました。それでは出発いたします。」

＊＊＊＊＊

そもそも、ケンイチたちはミトコンドリアン恒星団にある惑星イデアの公園でたむろしていた不良少年たちであった。ある時、司法当局の一斉保護により、イデアにある収容施設に送り込まれてしまった。彼らは名前もなく、無学であった。収容所にいた一人の老人が、気さくに彼らに話しかけてくれた。しかも、漢字の名前まで与えてくれた。老人は東洋系だったので、それぞれに健一、正一、貴理、麻利、竜次と名付けくれた。ケンイチ、ショウイチ、キリ、マリ、リュウジと読むことも教わった。

老人はカジノの話をよくしてくれていた。

「一攫千金が狙えるのだ。スロットマシンで、ビッグボーナスをかけると、通常金貨を三枚入れて、五百枚ほど回収できる。ある時には千ドル使って五十万ドルも儲けることが可能なのだ。」

「おじいさん、この近所のカジノでもそうなのかい。」

「あそこにはあまり行ったことがないけれども、そこそこ儲かることもあるという噂だ。」

やがて、彼らは収容所近くのカジノに日参するようになっていた。ビッグボーナスが来てもそのあとがなかなか出ずに、せいぜい勝っても五万ドル程度であった。ある日、リュウジはビッグボーナスを八回出して、二十万ドルぐらい儲けることができた。収容所に帰って老人にそのことを話してみた。

「君たちは無学だから分からないとは思うけれど、あの賭け事は確率が左右するのだ。」

「確率ってどのようなことですか。」

「袋の中に白い球が四個、赤い球が五個入っているとする。全部の球が九個なのだけれど、赤い球が出る確率は何分の一か分かるかい。」

ケンイチは少し小馬鹿にされたような気がしたが、九分の五ですと答えた。おじいさんは、赤の次に白を引く確率はどうなるか分かるかいと尋ねた。一番小学校で勉強していたケンイチさえもお手上げであった。老人は分かりやすくこう答えた。

「最初の確立の九分の五に、次の確率の八分の四をかけて、通分して四と八が一と二になるから、九分の五に二分の一をかけて十八分の五となる。」

「それとスロットの出目とどのような関係があるのですか。」

「確率論の中に、確率等差級数変分理論というものがあるのだ。それによって解析することが可能なのだ。」

「おじいさん、俺たち金も欲しいし、勉学もしたい。教えてくれませんか。」

「残念ながら、わしもそれほど詳しくはないのだ。その代わり、ここに携帯型の電子知能器がある。これを貸してあげるから、これで少しずつ調べながらデータを取って研究すればよい。」

「辞典機能もあるのですか。」

「もちろんあるよ。エンサイクロペディア・ユニバースという辞典機能もついておる。音声入力機能もあるから何なりと質問できるのだよ。」


彼らはデータを取っているうちに勝てることが多くなり、確率論の初歩まで習得するようになる。その他の一般常識にも明るくなっていった。施設を出る頃には数千万ドルも稼いでいた。出る時には老人にお礼として百万ドルほど置いていった。老人は彼らへのはなむけとして、例の知能器を譲ってくれた。

「おじいさん、お世話になりました。」

「元気でなあ。そうだこの惑星の名前をもらって、君たちのグループ名はイデアと名乗るがよいよ。」

「ありがとうございます。」

＊＊＊＊＊

ケンイチたちの乗っていった宇宙船は、通称ピグモー型と呼ばれていた。双胴翼を備えておりアークエンジンが搭載されている。流線型のフォルムをした宇宙船本体の上部には小型の原子力ターボ・ブースターが装備されており、本体上部には太陽電池パネルを搭載していた。水素燃料電池蓄電装置で慣性時は電力で走行できる、この時代としてはごく一般的な宇宙船であった。

皇歴千八百七十年四月に、長らく銀河の旅を続けていたケンイチたちはハンニバル星域へと到達していた。ここから未知の空域までは亜空間をたどり、ワープ連続航法で航海をすることになる。

船長のケンイチは指示を出した。

「メインブースター始動。アークジェット点火。疑似電力負荷装置発動。いよいよワープ七で航行を開始する。」

航海士のショウイチが操舵し、機関士のリュウジがスイッチを押した。銀河はまるで円弧のように見え、激しい揺らぎが五人をとらえた。一瞬めまいがしてそれから覚めると、そのあとに周りの様子が和らいできた。ケンイチは叫んだ。

「通常の慣性走行に戻るのだ。負荷電力開放、電力パネルオープン。スイッチオン。」

亜空間走行でワープすると、理論上は秒速六十万光年の千倍程度は出ることになる。実際にワープ七で三分間航行した間に、ハンニバル星域から十億光年も遠い宇宙に到達したことになる。ケンイチたちは当局の指示どおり、この空域をサターン空域と名付け、調査研究にあたっていくことにした。サターン空域に入ると銀河はまれにしか存在しておらず、星団や銀河団さえもまばらであった。ひとまず、水のある惑星を探す必要があり、中性子線型宇宙望遠鏡で周囲を探索することから始めたのだった。しばらくすると映像がその中でひときわ青くひかる惑星群をとらえた。そのうえで望遠鏡の拡大率を上げて観察すると、地球程度の大きさの惑星を発見した。彼らはヨークとその惑星を名付けた。

＊＊＊＊＊

ケンイチたちは収容所を出た後に放浪の旅をしながら遊学や就業に励んでいく。様々な経験と例の小型電子知能器の力により、その場その場で体験学習を積んでいった。

ケンイチが二十三歳の時に、新聞広告で次のような記事を見つけた。

（実験計画シビリアン・プランいよいよ始動。実験要員若干名急募。新銀河恒星連邦

当局)

ケンイチはみんなの前でこう言った。

「みんな聞いてくれ。俺たちでも何かできるんじゃないか。ひょっとしたら宇宙に旅立てることにもなるかもしれないなあ。」

キリもその考えに同調した。

「私たちも何かの社会のためにお役立ちたいわ。イデアというグループ名で参加しようよ。」

その考えに他のものも異存はなく、早速、新銀河恒星連邦惑星協議会事務局に連絡を取り、応募することになった。

選抜試験の科目は意外と簡単であった。一般教養、応用数学、応用物理、応用化学、医学、薬理学、機械工学などの問題が出された。様々な遊学と電子知能器にある宇宙大辞典で知識を積んだイデアのメンバーには簡単にできる試験問題であった。

一次試験を高い競争率で突破したものは四十名あまりであった。二次試験は体力検査も兼ねた運動能力試験であった。運動能力、運動機能、格技などが面接試験とどもに実施され、これにも問題なく合格できた。最終結果はイデアの全メンバーと予備員を合わせて十名であった。

選抜試験に合格したケンイチたちは、連邦航空宇宙局にて実験要員としての資質と責任者としての適性能力を磨いていく。ケンイチは船長学、ショウイチは航海士学、リュウジは機関士学を中心に学んでいった。キリは医療技術者、マリは科学者コースを履修し、クルー全体で実験計画シビリアン・プランの実行に欠かせない素養を学んでいった。その他、シビリアン・プランの概要や、宇宙船に標準搭載されるアーク・フェザー砲の発射テスト、搭載機のスピットファイヤー戦闘艇の操舵も学んでいった。

そして、二年が経過した。ケンイチは大佐に、ショウイチは少佐に、リュウジは准佐に昇格していた。キリとマリは中佐扱いであった。ここに夢のような新創世記ともいえる実験計画シビリアン・プランの遂行に欠かせない準備が整ったのである。

＊＊＊＊

ケンイチたちは惑星ヨークの周回軌道に到達していた。電磁波による探査試験では生物反応を提示するベーテル波反応は陰性となっていた。すなわち、ヒト型の生物は存在しないことになる。その後、探査ロボット艇を派遣して現地調査を行った。アームで湖沼、海、川、森林、草原などで調査を行った。ロボットアームにより水分、土壌、植物などを採取した。探査艇を回収して、採取した資料の成分を分析したのは科学担当のマリであった。

「テラ型の成分分析をしているわ。湖沼などでは塩分〇・〇五パーセント、海では五パーセントとなっているわ。伏流水脈も良好で飲料に耐える程度の硬水よ。」

ショウイチが尋ねた。

「水は大丈夫そうだな。あとは食料だけれど、マリ、植物の内野草類は食用に適しているかい。」

「ええ、大丈夫よ。少し癖はありそうだけれど家畜のえさなら適するわ。」

ケンイチがリュウジに言った。

「上陸したら、お前の釣りの腕前を見せてくれ。」

「分かっているさ。でも、シーラカンスのような奴じゃないことを願うね。」

イデアとしての最初の任務は惑星ヨークへの上陸であった。上陸のために慎重に選んだ広大な原野に着陸した。上陸後、最初の業務は仮住まいの設営であった。茅を探して、適当な長さに切って、工芸細工をするように慎重に組んでいった。小屋は全部で五棟建てて、一つの小屋は大人二人が生活するには十分の広さがあった。


最初の夜は薪になるような木々を拾い集めて、キャンプファイヤーを行った。宇宙船には様々な家畜が積まれており、その中の子牛を一頭使って丸焼きにして食した。リュウジの釣ってきたハイギョのような魚もさばいて、食卓をにぎわせることができた。摘んだ野草はキリがサラダにしてくれた。こうして長旅を終えて、久しくできなかったねぎらいの時間が過ぎていった。

シビリアン・プラン計画時、五人は特殊な任務を負わされていた。それは、二組のペアリングによって雌雄の生殖細胞、すなわち精子と卵子を結合させることにより、新たな生命を誕生させるのである。子孫を絶やさないこともイデアの使命であった。

夕食後、キリはケンイチを呼び出していた。キリはざっくばらんにこう聞いてみた。

「ケンイチ、聞いて。私はあなたとのペアリングを望んでいるわ。ケンイチはどう思っているの。」

「そりゃあ、僕だってキリと一緒になりたいさ。」

「でも、ケンイチはマリにも気があるそぶりを見せているわ。」

「男のほうもあと二人いることだし、本人同士の思いが大切なのじゃないか。」

「じゃあ、ケンイチ。本当に私とペアリングを組むことでいいのね。」

「ああ、僕も望んでいるよ。」

ケンイチはキリを抱き寄せ、軽く唇にキスをした。

そのあとで、キリはマリと話し合いを持つことにした。

「マリ、私とケンイチは互いに惹かれあっているわ。ケンイチのことはあきらめてね。」

「それはいいけど、私はあとの二人は眼中になかったわ。どうすればいいの、教えて。」

「二人には腕相撲でもしてもらって、決めてもらったら。二人ともマリにはご執心だし、異存はないはずよ。」

こうして、ショウイチとリュウジは自分の将来をかけて、キリとマリの見ている前で腕相撲の勝負をした。最初は、劣勢だったひ弱なショウイチがその熱意で逆転勝利した。リュウジはペアリングから外れ、今後はメカニック（技術開発）に専従することになった。


その後、二組のカップルとリュウジは三棟の小屋で一夜を過ごした。翌朝、イデアのメンバーは各々すがすがしい朝を迎えていた。朝食の後で、マリより食糧自給計画が発表された。

「よい、みんなよく聞いて。まずは土地の開墾が重要課題なの。この件に関しては、ショウイチとリュウジが担当するの。作業用のトラクターを二台使って、開墾していくの。次に灌漑計画のことだけど、キリとケンイチの担当よ。湖から、作業用のバックホウで粗掘りをしていき、あとは二人を中心に手掘りして完成させることになるわ。」

「それで、田畑にするにはどうするのだい。」

「それは耕運機四台で、めいめいが耕していくの。」

「じゃあ、田んぼはどうするのだい。」

「苗田を作って、苗床にするの。その他の質問はどう。」

「畑では麦を主に作るのかい。」

「大麦、小麦、それに野菜や根菜類も作ってほしいの。」

「家畜の放牧はどうするつもりだ。」

「私自身が、キリとリュウジの手を借りて、柵を作り放牧することになるわ。」

続いて、ケンイチはリュウジに聞いてみた。

「メカ担当より連絡はあるか。」

「一応発電のためのユニットを開発中なのだ。現在、バッテリーを使用しているが、いちいち船まで充電しに行かなければならない。船に積んでいるウランや水素で効率よく小型の発電ユニットを作りたいのだ。」

「方法の概要はどうなるのだい。」

「今の計画では完全に遮蔽した電磁炉を作るつもりだ。その内部でウランを高密度電磁発光させ、その圧力エネルギーでブースターとなるアーク・タービンを作動させる。これによって発電した電力を水素燃料電池に蓄電するという方式だ。」

「了解した。急いで開発してくれ。」

最後に、ケンイチはキリに尋ねた。

「みんなの医療面でのケアはどうなっている。」

「まずまず順調というところかしら。ペアリングした二組のカップルもうまくいっているようだし、精神的なストレスもないと思うわ。ただ、リュウジには優しくしてあげてほしいの。普段どおりに接してあげることが大切だわ。今後は、シビリアン7計画に基づいて、進化論の実践的研究から私たち自身の要不要の説による変化と、それによって私たちの子や孫の世代にどんな突然変異がこの空域で発生するかを検証する必要があるのよ。」

そもそも、実験計画シビリアン7というのは、人類の進化を能動的に実践するという主目的があった。つまり、従来とは環境の異なるサターン空域では、進化が人類にも起こるようになり、いわゆるミュータントが誕生するという仮説のもとに行われる計画であった。また、そのことをある種の閉鎖空間で能動的行動をとることで、進化の度合いを早め、旧人類にもある程度の運動機能や知能指数の強化が起こりうるかもしれないという付随的計画がシビリアン8計画であった。

ケンイチたちは、リュウジの開発した発電ユニットで、健康で文化的な生活を体験していた。ミュージックプレーヤー、ビデオ視聴器、中型の電子頭脳なども無駄なく作動しており、ここが別の空域の星とは想像もできないような環境であった。農作業も順調で、いつでも食料を手に入れることができた。やがて、二組のカップルからは、双子と一人の子供が誕生する。双子はキリとケンイチの子供で女の子だった。マリとショウイチには男の子が授かった。

ケンイチたちイデアは惑星移住の計画を順調に達成していた。次に、シビリアン9

の計画に取り掛かることになる。この時代には、虚弱児、障害児が多く生まれる社会構造であったため、良い要素の遺伝子を持つ受精卵を冷凍保存した時代でもあった。受精卵は新銀河恒星連邦宇宙科学研究所に数億素子、冷凍保存してあった。この計画にはさらにスポーツ選手や、科学者などの受精卵が用意されていた。子孫の人工増殖、すなわち試験管ベイビーの人工培養と保育が主なこの計画の骨子でもあった。実験素子は三十個用意されており、男女の割合は三対四であった。この素子から誕生した子供たち二十人もこの五人の養子となり、睡眠学習機を使用して保育教育が実行された。その学問は、言語、科学、社会、数学など多岐にわたっている。子供たちへの対話はケンイチ、キリ、マリの三人のメンバーが携わった。

マリはリュウジにある仮説に基づく計画の進展を提案した。

「リュウジ、この社会に空想上存在するという深層社会を機械的に創設するの。たとえば、夢の中で自分自身が存在し、摩訶不思議な行動や思いもよらない機能を呈することがあるでしょ。あるいは、人が死後の世界と呼ぶような社会構造の世界のようなものを。」

「それがどういうことになるのかい。」

「機械的に捻出した深層社会では、私たちがプログラムで支配した因子が電磁素子として存在するの。その要素が独り歩きして、意識的に創設された電磁場で突然変異的な影響が発生する可能性が高いのよ。」

「その仮想プログラム空間では、運動機能も知能指数も向上するような変化が見られるというわけか。」

「私たちのグループ名をもじって、その仮想プログラム空間をイデアプラスと名付けたわ。」

「つまりはプログラム要因が独り歩きするような空間を捻出すればいいわけだな。」

「一つではだめなの。ジャングルジムのようにいくつもの部屋が存在するような空間にしてほしいの。」

「分かったよ、半年ぐらい研究させてくれ。」

あれから一年が経過していた。リュウジは何度も自らが実験台となって試験的研究を重ねていた。イデアプラスの計画に確証が得られた頃に、イデアのメンバー五人全員にお披露目をした。

機材はイデアと名付けた人工知能を有する七十インチの大型スクリーン画面と空間へと導く寝台式複素転換転送装置からなっていた。

ケンイチが責任者として、まず寝台式の転送装置に寝ころんだ。リュウジがメインスイッチを作動させると一瞬、ケンイチの体がゆっくりと消えていき、スクリーン上に吸い込まれていった。ケンイチには小型のテレパシー増幅器が装着されている。

リュウジはケンイチに聞いた。

「ケンイチ聞こえるかい。気分はどうだい。」

「ああ、よく聞こえるよ。まるで雲に浮いているような気分だ。それに飛ぶようなこともできるみたいだ。」

「ケンイチ、他の三名もあとに続くからポイント〇八で合流しよう。」

「了解した。」

ポイント〇八には、それぞれが別の経路をたどってみせた。プログラムが出すヒントをたどっていけば移動することができた。イデアプラスの内部では若干の加圧も加わることにより、食欲、性欲、知識欲などの各種の欲望も解放されていった。

ケンイチたち二組の夫婦はイデアプラスの中での滞留時間を徐々に増やしていった。見違えるほど、身体は精悍になり、知的なひらめきもさえてきた。子供たちにも徐々にイデアプラスの中で生活させていくことで、確実に能動的な進化の過程を遂げていた。

＊＊＊＊＊

こうして、十五年が経過していった。実験空間であるイデアプラスの生活の長い人間たちは、恐るべき進化の度合いを見せていた。ＩＱはいずれも二百五十以上、運動能力はオリンピック選手並み、空中遊歩は秒速千KM、念動力は二百KGとなっていた。

この世代を、ニューイデアと名付け、また、イデアプラス内での生活でペアリングを行い、子孫を繁栄させた。その結果、誕生した子供の中にはリュウジの後を継ぐようなメカニック（技術開発者）も存在し、階層社会の各部屋を自由自在に自ら、空間転移する方法まで考案した。

ケンイチたちはその後、ニューイデアにあとを託し隠遁生活をしながら推移を観察している。当局には、シビリアン・プランのほぼ成功という連絡とともに、とても分厚い報告書をまとめて、ニューイデア空間より転送したそうだ。

やがては、世代交代を重ねていけば、いわゆるエスパー世代の出現も夢ではないと考えよう。

（完）

青春のスケッチ

この物語は私（ヒデ）の今から五十年ほど前にさかのぼる時の話である。ヒデはH県I市H町に生を受けた。昭和三十年一月二十六日のことである。ヒデの生い立ちについてはまたいつか話そうと思うが、これは主にヒデが高校生の頃の出来事である。

ヒデは小学校の五年生から塾に通い始めた。中学校に上がり、塾とサークル活動にいそしんでいた。ヒデはI市立H中学校で、バレーボール部に所属している。当時は九人制バレーで、ヒデは後衛の中堅（今でいうバックセンター）を任されていた。ヒデはフライングレシーブや回転レシーブも習得しており、I市内の中学校では守備でヒデの右に出るものはいないほどだった。

勉学でも塾での勉強が功を奏して、見事I学区では一番優秀なH県立I高校へ入学することができた。

高校生になり、初めて数学の授業を受けた時に三角法の問題でユウジとヒロミが議論をしていた。ヒデは、塾で数一のチャートを半年分先に講義を受けていたので、難なく正解を導いてしまった。ユウジもヒロミも別の学区から来ていたが、この時二人はヒデの学力を見て、ただ者ではないと認識したようだった。ユウジとヒロミは天文研究会のメンバーだった。当時、I高校では初夏に体育祭があった。ヒデはユウジらに推薦されて、苦手な運動委員に選出された。

ヒデはユウジたちとはよく食堂へ出かけた。もちろん弁当を持ってきているが、青春時代はよく空腹になったものである。十時の休憩時間に慌てて弁当をむさぼり食った。そして、昼食時には決まって三人で食堂へ行き、カレーライスやうどんを食べることが日課のようになっていた。余談だがユウジとヒロミはともに左利きだった。うどんを食べる時などは、三人一列に机に向かって座って箸を取ると、右利きのヒデだけ反対側になって邪魔になるので、ヒデは遠慮して左手で不器用に食べる練習もしていた。

一学期には、体育祭の準備があった。リレーメンバーを決める日になり、ホームルームでヒデは司会をしていた。自慢じゃないが、ヒデは毎年のように学級委員をしている。でも、このホームルームはなかなか話がまとまらなかった。そこで、クラスの裏のリーダー的なユウジとヒロミが積極的に発言した。

結局、最後に行われる百メートル走リレーの四人のメンバーがなかなか決まらなかった。ヒデはやむなく中学時代陸上部だったシゲと、運動嫌いのユウジとヒロミを指名した。ヒデはバレーボール部の出身だったが、短距離は苦手だった。でも、結局ユウジとヒロミに説得されて走ることになる。

体育祭の当日、走る順番はユウジ、ヒロミ、ヒデ、シゲとなっていた。ろくに運動部でもなかったユウジとヒロミがとても速く走り、ヒデは驚かされた。ヒデがバトンを受け継いだ時には、四分の一周ほど先行していた。ところが、ヒデの番で約半周も取り残された。アンカーを任されたシゲは、懸命に走ったが二位に終わった。準優勝はしたものの味気ない幕切れとなった。

二学期になった。ヒデはユウジに推薦され、満場一致で学級委員になった。二学期は文化祭の季節でもある。ある日のホームルームで模擬店の出し物について話し合った。その結果、重複する店が出るかもしれないという想定だが、かき氷屋さんに決定した。

クラブ活動の方もそろそろ本腰を入れなくてはならない時期に来ていた。ヒデの通っている塾の塾長は、運動部には消極的だった。勉強がおろそかになる恐れがあるからだった。

ヒデは文化部に限定してクラブ活動の様子を見学しに行っていた。その結果、何気なく覗いた物理部がヒデの選んだサークルだった。

物理部では、ピンホールカメラの設計を任された。ピンホールカメラは筒型の箱の入り口に小さな穴を開けて、反対側の写真感光板に映像を焼き付けるものである。機械的なことではなく、遠くにある被写体の映像が穴から透過し、感光板に焼き付けられるものであった。結局、六回ほど試行錯誤して、日中八時間程度の晴天の日の写真が、最も鮮明に写っていた。文化祭では、写真とパネルを展示することになった。

ある日、ユウジとヒロミにヒデは呼び出された。

「今度、土星の観測会をするから、一緒に来ないか。」

「よいけど、僕は君たちのように、なんでも知っているわけじゃないよ。何にも分からないのだ。それでも、よいか。」

「よいよ。よいもの見せてやるよ。」

それから程なく、観測日となった。天体観測に十五センチの反射望遠鏡を設置した。

その日は、土星の観測と写真の撮影を行った。

ユウジは言った。

「覗いてみろよ。これが土星だ。輪がくっきりと見えるだろう。」

ヒデは物珍しそうに、食い入るように見つめていた。

「取りあえず、夜食にしよう。」

教室に戻って、カセットコンロでお湯を沸かしカップヌードルを作ってくれた。

「さあ、ゆっくりとしてくれ。音楽でも流すよ。」

ユウジとヒロミは天文研究会とは別に、自分たちだけでクラシック愛好会を作っていた。当時としては珍しいポータブルカセットプレーヤーを持参していた。

ヒロミは、天文研究会では副部長だが、クラシック愛好会ではユウジより上であった。クラシックの知識度がヒロミの方が深かったらしい。ヒロミはカセットをかけてこう言った。

「ヒデも聞いたことあるだろうけど、ベートーヴェンの第五番『運命』だ。ゆっくりと鑑賞してくれ。僕たちは暗唱もできるのだ。」

初めて最後まで聴いたクラシックは、ヒデの耳に心地よく響き感動した。その後に、ヒロミはシューベルトの『未完成』をフルでかけてくれた。ヒデはなんとなくなじみの曲だったので満足できた。

そして、もう一度天体観測室へ行き、土星を観測したり月を見たりした。教室に戻ると、ユウジがこう促した。

「僕たちは徹夜するよ。ヒデは寝てくれ。机を寄せて、その上にシュラフを敷いて寝てくれ。」

ヒデはあらかじめ冷えるからと言われていたので、セーターを着ていた。ヒロミの用意してくれたシュラフにくるまり、ぐっすりと眠りについていた。卒業アルバムでは天文研究会に入って写真を写してもらったが、研究会に参加したのは後にも先にもこの一度だけだった。

やがて三学期に入った。ヒデはあまり忙しくないと思われる風紀委員を選んだ。だが、これが大変な誤りとなる。この翌年からI高校は、制服の自由化に踏み切ることになるのである。当時の普通高校としては、珍しい試みであった。ヒデも何度もアンケートを実行したり、風紀委員会での議論に参加したりして、制服の自由化におけるガイドラインを決めることができた。その頃には生徒会も積極的に後押しをしてくれて、全体集会にて制服の自由化は決定された。

ただ、実施に移ってみると様々な問題も生じてきた。まず、費用の問題だ。あまり富裕でない家庭の女子には経済的にきつかった。男子は夏はTシャツにジーンズ、冬はブルゾンとスラックスで何とか対応できた。ヒデの家も一人息子ではあったが裕福な方ではなかったので、その程度の服装でしのいでいた。しかし、女子はそうはいかない。ワンピース、ブラウスとスカート、ジャケットとスラックスなど様々な格好をすることとなり、保護者を悩ませることもあった。

二年生になって、ユウジはもう一つ所属しているコーラス部のオリエンテーションにヒデを誘った。今は、ヒデは声を失っており歌えない。でも、当時はかなりの美声であった。そもそもは坂本九さんのLP盤で歌を覚えたのだ。中でも、『見上げてごらん夜の星を』は後年までヒデの十八番だった。遠足では、バスの中でこの曲を歌った。ユウジはフランク・シナトラやエンゲルベルト・フンパーディンクなども朗々と歌いあげた。バリトンテナーのユウジに比べて、ヒデは高音部の声がきれいだった。初めての遠足のあと、ユウジが音楽部の顧問の女性先生に話して、オリエンテーションに誘ってもらっていたのだった。

音楽室で、試しに『ともしび』を一緒に歌った。その声を聞いた顧問の先生が強く勧誘をしたのである。だが、ヒデは即答を避け、態度を保留した。

ここからの話は、ヒデには少し甘酸っぱい思い出話だ。コーラス部の二年の部長さんが、わざわざヒデの家へ勧誘に来たのである。部長さんは決して美人ではなかったけれども、知的な顔立ちのする、今で言うところのグラマラスなスタイル美人であった。部長さんは縁側で応対したヒデにこう言った。

「とても美しい歌声で驚嘆しました。ぜひ、私たちと一緒に歌ってみませんか。顧問の先生も期待されておられますよ。」

「でも、僕は楽器もできないし、まして楽譜も読めません。音取りも遅いのです。足手まといになりませんか。」

「あの、そのことでしたら私が個別にご指導します。マンツーマンで音取りを覚えていただいて、きちんと歌えるようになるまで面倒を見させてください。」

ヒデは決して多感な少年ではなかったが、部長さんのセーラー服の胸の膨らみに期待がふくらんで、こう返事をした。

「あなたにお任せします。入部してもよいです。よろしくお願いします。」

翌日、ヒデは音楽室を訪ねた。ユウジはもう別のピアノで、音取りを始めていた。

この年の文化祭で披露する曲は混声合唱組曲の『旅』という曲だった。ヒデは旋律なら比較的、音がうまく取れる。だが、大学時代になってグリークラブに属するようになっても、ハーモニーパートは音を取りにくかったようだ。大学一年ではセカンドテナーだったが、二年の時からトップテナーに変わるという始末だ。もともと、ハモるという感覚がヒデには欠けていた。

さて、混声部の男性のテナーパートも旋律部分以外は意外に難しかった。部長さんはヒデには優しかった。何度間違えても訂正してくれたし、音の取りにくそうな部分はあわせて伴奏もしてくれた。でも、エアコンのあまり効かないピアノ練習室で部長さんと二人きりで手取り足取り、指導を受けていると、部長さんの女子特有の香りもほのかにしたのが、ヒデには甘くてほろ苦い思い出となった。毎日、コーラス部にも精を出す毎日が続いた。

そんなある日のこと、夏休みの終わる頃に、旅行委員のユウジからこんな話があった。

「修学旅行は夜行列車で行き、帰りは夜行フェリーで帰ってくる予定だ。ルートは南九州で四泊五日の行程だ。」

「すると、現地泊は二泊だけだな。」

「ああ、そのことは今度のホームルームで詳しく話すけど、問題は帰りの夜行フェリーでのことなのだ。」

「何があるっていうのだい。」

「彼女のいない者は船底の二等船室で待機となる。彼女がいる者は、一番良い時間帯に二人でデッキでデートだ。」

「おおい、そんなのないよ。彼女のいない僕たちのような者はどうなるのさ。」

「まあ、俺に任せておけよ。」


数日後、ユウジは一人の女子を連れてきて、こうヒデに紹介した。

「一年生の時にコーラス部で一緒に活動していたノリコさんだ。お前の話をすると興味ありそうに紹介してと言うのだ。彼女も学級副委員をしたことが多くて、お前とは話があうのじゃないかと思って来てもらった。」

顔はそれほどの美人ではなかった。芸能人にたとえると白鳥英美子さんに似ているような人だった。でも、ユウジの紹介では断ることもできなかった。

「よろしくお願いします。ヒデと言います。

ユウジのように多趣味じゃないけどよろしくお願いします。」

「お話によると、中学時代はバレーボール部に所属されていたそうですね。」

「はい。ノリコさんはどうでしたか。」

「私はスポーツが苦手で、吹奏楽部に入っていました。」

あまり好印象の顔立ちではなかったが、素直そうなところがヒデは気に入ったようである。

ノリコの住んでいるところはK地区と言い、ヒデの住んでいるH町地区より、東に約一キロ奥に行ったところである。実際、ヒデの家にノリコは一度お邪魔したことがあったが、ヒデはノリコの家のある場所すら知らずに終わっている。

ノリコもヒデも、I高校の学区としては、自転車通学地区であった。学校からヒデの家に着くまでの間に商店街があった。二人は商店街まで自転車をこいで一緒に下校し、商店街にさしかかると自転車を降りて、押しながら仲良く談笑しながら、毎日のように一緒に下校していた。

今にして思えば、ヒデよりノリコの方がずっと話題は豊富であった。ヒデは、一人息子で兄弟の話題はない。ノリコは上に兄、姉がいて末っ子だった。よく兄の話もヒデにしてあげていた。

ヒデの家には音楽といってもモジュラーステレオがあっただけで、あとはグループサウンズや坂本九のレコードがあったぐらいである。ユウジたちと知り合いになってからも、『運命』や『未完成』、『四季』や『家路』などのクラシック音楽を聴く程度であった。

一度、学校から帰る時に、ヒデはノリコを家に招いた。

ノリコも坂本九は好きであった。LPを聴きながら、同居の伯母さんの入れてくれた紅茶を飲んでカステラを食べた。ヒデの家では、ケーキと言えばクリスマス程度で、同居の伯父が買ってくれるシュークリームが何よりのごちそうだった。もちろん、シュークリームも伯母はノリコに勧めた。

「ねえ、どの曲が一番好き。」

「『見上げてごらん夜の星を』も十八番だけど、『明日があるさ』とか『ステキなタイミング』も十分歌えるよ。」

「私も『明日があるさ』は聴いたことあるけど、良い歌だわ。」

「その他はEPばかりなの。」

「シングルEPとしては岡本敦郎さんの『高原列車は行く』があるけど。」

「いずれも、ヒデさんの十八番なの。」

ヒデはレコードをかけて朗々と『高原列車は行く』を歌っていた。

「ありがとう。とても楽しかったわ。今度、お願いがあるのだけど。」

「何だい。」

「ヒデさんの家から私の家へ帰る途中に、音楽喫茶があるの。兄がよく連れて行ってくれるのだけど、一緒に行かない。もちろん割り勘でよいから。」

「よいけど、喫茶店は高校生だけで行くのは、校則違反になる疑いがあるよ。」

「かまわないわ。その日は私服で登校しようよ。」

「分かった。」


夏休みに入る前の頃に、課外授業があった。いわゆる観劇にあたるもので、市民会館でK学院大学のグリークラブによる演奏会が行われた。混声合唱にはない統一した音色のハーモニーに、ヒデはとても感動した。ボニージャックスが歌っているロシア民謡や、デューク・エイセスのオリジナルが歌われたカルテットソロの時には客席も大いに盛り上がった。ヒデも身体が熱くなり、思わず隣で聴いていたノリコの手を握った。その手は温かく、ノリコも握り返してきた。その日は、観劇のあとで近くの神社まで散策に行った。そこで、ベンチで休憩していると、唐突にノリコは言った。

「ねえ、ヒデさん。膝枕してあげようか。」

二人はキスもしたこともない男と女である。せめてもとノリコは思ったらしい。

夏休みが終わり、いつものようにノリコはヒデのコーラスの練習が終わるまで、教室で待っていた。やがて、ヒデも合流し英語の補習を見てあげていた。

「私、中学の時に習った現在完了形以降、全く意味不明で、理解できなかったの。ヒデの塾長は、K学院の高等部の主任英語教諭でしょ。分かることがあったら教えて。」

「塾長は、馬鹿の一つ覚えというか、副詞を覚えろというの。いい、ever.never.often.sometimes.once.twice.severaltimes は経験の副詞で（～したことがある｛ない｝）と訳すんだ。yet.not yet.alredy は完了の副詞で、（～した｛していない｝）と訳すのだ。」

「分かりやすいわ。ありがとう。」

そんな調子で盛り上がったところにニシが入ってきた。廃部になりそうな人形劇サークル活動を助けているそうだ。ヒデも趣旨に賛同して人形劇サークルに入会した。

それから、しばらくして顧問の先生より指導があった。

「人形作りはヒデさんとノリコさんにお願いします。私もお手伝いします。」

教室に残り、和紙にのりをつけて、幾重にも重ねていく。根気のいる作業だった。衣装は、和裁の上手なノリコが担当した。

人形ができる頃、台詞の読み合わせがあった。出し物は鶴の恩返しであった。何度か通し練習をして、テープに吹き込んだ。そして、テープにあわせて、人形を動かす練習もした。ノリコは裏方だったが、ヒデはヨヒョウという主役級の役を演じた。


修学旅行は文化祭に向けて準備が着々と進む頃の十月下旬だった。団体夜行専用列車でK県まで行き、バスに分乗してA山に到着する。当時のA山は噴煙が多く、雄大で猛々しく感じられた。修学旅行の行程は、実はヒデもあまり覚えてはいない。覚えているのは一日目はM県のホテルに宿泊したこと、二日目はN海岸とA島見学をしたことぐらいである。前日、入浴時にヒデは少し恥ずかしかった。ヒデは、決して短小というわけではない。でも、普通の人に比べると、小さい方であった。このことは、成人するまで、ヒデのコンプレックスとなっていた。

修学旅行と入浴、これはいつも問題視されるが、後年、ヒデの面倒を見た伯父はこう言った。

「天は思し召しにより、あんたの身体を与えたまった。だから、問題なく機能するならあまり気にするな。」


翌日は、バスはひたすら北上する。二日目の宿泊地はB温泉だ。美味しい日本料理や温泉で心までも洗われた。

その翌日は、地獄めぐりと買い物の自由時間であった。ヒデは小遣い一万円を使って、土産物を買った。夕食を取り、三々五々にフェリーターミナルまでやってきた。売店でサンドイッチやおにぎりなどの夜食も買い込んだ。いよいよフェリーは港を出港した。

フェリーの中では、二等船室が与えられていた。いわゆる船底組だ。時間が十二時を回った頃に放送があった。海峡を通過する頃だという。ヒデはユウジに促されてノリコをデッキへと誘った。灯台の明かりがかすかに拝めた。二人を包む雰囲気がとても盛り上がった。ヒデはノリコと肩組みをして、こう言った。

「今日までありがとう。とても楽しい半年だった。でも、これからは受験勉強が忙しくなる。今日で、終わりにしてほしい。」

「こちらこそ、ありがとう。一生の思い出になるわ。」

二人はその後にあっても挨拶程度で付き合いは終わった。だが、この二年間の思い出は、ヒデのこころの奥底に眠り、一生消えない青春のスケッチとなっている。


（完）

思い出のアルバム

この話は私（ヒデ）が二十八歳の頃の話である。ヒデは当時H県A市に住居を構えていた。ヒデは父と母との三人暮らしで、一人息子ゆえ兄弟もなかった。

ヒデは大学を卒業したのちに、H町役場に就職していた。H町はA市とK市に囲まれた面積約九平方キロ、当時の人口は二万四千人の小さな町だった。工業地帯の人工島N島をかかえ、神戸や阪神間のベッドタウンとして栄え、職住近郊の町をうたい文句にしていた。

そこでヒデは主に都市計画関係の技術事務的な仕事を担当していた。すでに、役場に就職して五年を経過しており、主任に昇格したばかりであった。その年までこれと言った特定の彼女もおらず、役場が終わるとパチンコや麻雀に明け暮れていた。ヒデは下戸ではないが、極端に酒に弱かった。だから、酒を提供してくれるようなラウンジャスナックにもめったに行かなかった。そのため、女性の方と口をきくのも苦手な方であった。


そんなある日のことである。いつものように役場の仲間と麻雀をした後、七時頃に家に帰った。ヒデの母はすでに仕事から帰宅して、遅めの夕食の支度をしていた。

「お帰り。ボク、今日は早いのね。ちょうどよかった。ボクにいい話があるのだけど。」

「何、話って。まさか見合いの話とか何かかい。」

「そのとおりよ。まず、この釣書と写真を見てみて。」

ヒデはその写真には好印象を覚えた。芸能人で言うと増田恵子さんに似ている日本的な美人であった。でも、公立の大学を出ているヒデには釣書にあるA市内の商業高校卒というのは少し気になった。


ヒデは、見合い相手に第一印象では好感を持てた。それに高校時代英会話研究会とか珠算部というのも分かるような気がした。でも、趣味欄にはお茶とお花と書かれていた。これでは、ヒデも話のしようもないように思えた。

「ママ、印象は良いけれど、はたして話がうまくかみ合うかどうか不安なのだ。」

「ボクも趣味と言っても、男声合唱と音楽鑑賞ぐらいでしょ。ママが日頃から趣味を持ちなさいと言っているのに、ほっておくからこんなことになるの。」

「そりゃあ、ママは書道で高名な先生の門をたたいているし、ヨガやカラオケの教室にも通っているよ。でも、僕はそんなに暇じゃないし、公務員の人は大抵飲む、打つ、買うぐらいしかしないよ。」

「そんなこと言っていたら、いつまでたっても彼女もできないし、ましてや結婚なんて遠い夢だわ。」

「じゃあ、ママ、どんなふうに話したらよいのかヒントぐらい教えてくれよ。」

「先方さんは大学生活を知らないから、興味があると思うの。それに、あなたが好きな洋楽でポピュラーな曲の話でもしてあげたら。」

「向こうさんは、大卒の男性に引け目を感じているのじゃないかい。」

と、ヒデは優柔不断な返事をして、母を困らせた。

「ボク、見合いするの、しないの、はっきり決めてよ。」

「ママ、何か義理でもあるの。」

「お見合いを紹介していただいたおばあさんに昔お世話になっていたのよ。」

「それじゃあ、見合いだけして、返事はそのあとでもよい。」

「よいわよ。先方さんが気に入るかどうかは分からないけど。」

「分かったよ。見合いの段取りしておいてよ。」

「スーツ着ていくのよ。靴も良いものを履いていくのよ。」

「分かっているよ。」


見合いの当日、指定場所のA商工会議所へとヒデは出向いた。当時はレストランが入っており、ここで見合いが行われることになっていた。そこへ行くと中年の婦人の方がもう来られていた。

「初めまして。あなたの見合い相手のマサコの身内のものです。マサコの父は兄弟がおりませんので、私ども夫婦が伯父伯母代わりになっております。」

「こちらこそよろしくお願いします。ヒデといいます。ところでマサコさんはどちらにいらっしゃいますか。」

「実は急に仕事が入って、遅れるという連絡だけ受けております。一時間ほどなのですがどういたしましょうか。」

「そんなことを言われましても、返事のしようもありません。でも、見合いの段取りをしていただいたおばあさんにも失礼になるので待たせていただきます。」

「そう言っていただきましてありがとうございます。」

婦人はヒデにお茶を勧めた。喫茶をしながらマサコの人となりについて軽く話をした。

「マサコは高校卒業後、事務員を二年ばかりしておりました。その後、百貨店で働くようになりました。そして、アルバイト程度の仕事を経て現在の仕事に就いております。」

「マサコさんは今どこで働いておられるのですか。」

「A駅のステーションプラザにある鞄屋に勤めております。」

「今日は、仕事じゃないのですか。」

「ええ、そうなのですが、店長に許可をもらって休憩時間を多くもらったそうです。ごめんなさいね。」

ヒデは一通り話を聞き終えると、タバコに火をつけて軽く吸った。もうこれといって話すこともなかった。ただひたすら待つしかなかった。


やがて、小一時間してマサコがやってきた。ピンクのワンピース姿で申し訳なさそうに挨拶をした。

「見合いの日にこのようなことになって大変申し訳ありません。日を変えてお願いしようかとも考えていたのですが、間を取り持っていただいているおばあさんとも連絡がうまく取れず今日に至りました。ごめんなさい。」

ここまで言われると、ヒデも怒る気にもなれずに挨拶をしてこう言った。

「よいですよ。あなたも仕事を大切にされておられるのはよく分かりますから。」

そのあと、婦人の勧めもあり軽くランチを注文した。

二人は昼食を取りながら少しずつうち解けあっていった。

「マサコさんにうかがいます。趣味はお茶とお花ということですが、音楽などは聴かれますか。」

「ええ、たまに聴きます。でも、私の年ではフォークとかニューミュージックといったあたりです。ヒデさんはどうですか。」

「僕は主に洋楽を聴いています。でも、アリスやユーミンも好きですよ。」

「私は風というグループの伊勢正三さんの歌が好きです。ヒデさんは男声合唱をされていたそうで、さぞかし美声なのでしょうね。」

「いいえ、僕は人数あわせでしたし、そんなにうまくはありませんでした。カラオケはよくしましたが。」

「どんな歌を歌われますか。」

「主に五木ひろしさんや森進一さんなどです。マサコさんはどうですか。」

「私は音痴の方なのでカラオケはしません。ピアノは少し習ったのですが。」

話が盛り上がってきた頃合いを見て、婦人が水を差すようにこう言った。

「マサコ、ヒデさんはI市の出身でこちらに来られて十年しか経っていないのよ。あなたの案内でA公園を二人で散策してはどう。」

「そうね、食事も終わったし、ヒデさんよいですか。」

「はい、よろしくお願いします。」


A公園はA城跡を中心とした県立公園で、巽櫓と乙櫓の両櫓を現存させる名城百選にも選ばれた公園である。園内には約二千本のソメイヨシノが植樹され、県内有数の花見の名所となっている。マサコはそのようなことを話しながら、天守台へと続く階段へとヒデを案内した。

天守台に登り、二人は眼下に見えるA駅周辺の様子を眺めた。A市内はもとより対岸のW島、A海峡大橋が望めた。マサコは言った。

「私、幼い頃、よくここに来たのです。ここから見える景色が好きでした。」

「良い眺めですね。初めて登りました。こんなことならもっと早く来ればよかった。」

ところがもう、マサコは時計を気にしながら、申し訳なさそうに言った。

「ごめんなさい。あと十分ぐらいで仕事に戻らないといけないのです。今日は、どうもありがとうございました。」

「マサコさん、仕事が終わったら食事でもどうですか。」

「ごめんなさい。今日は九時までなのです。失礼します。」

ヒデはやや憮然とした表情で、マサコが階段を下りていくのを見送っていた。

天守台には当時、灰皿が設置してあった。ヒデはいたたまれなくなりタバコに火をつけていた。


家へ帰ったヒデは今日のことを母に報告した。

「ママ、ひどいのだよ。遅刻してくるかと思ったら、良いムードになりそうなところで、また仕事に行くって言うし。あまり話らしい話もできなかったよ。」

「あなたはどうなの。」

「どうって、気乗りしないなあ。向こうが断ってくるに決まっているよ。もし、そうでなくもこっちから願い下げだよ。」

「いい、ボク、逆の立場だったらどう。あなたが仕事で抜け出せないときにそうなったらどうなるの。」

「そりゃあ、僕だって仕事は優先するよ。」

「じゃあ、少しは分かってあげられるわね。先方さんからもう一度会って決めたいと言われたら、よいと返事していいのね。」

「ああ、よいよ。分かった。そうするよ。」


その日の夜遅くに、例の婦人から連絡があった。

「今日は、大変失礼致しました。せっかくのお見合いを台無しにしてしまって、申し訳ありません。マサコの仕事が終わったあと、マサコと一緒に両親が私どもを訪ねて来られて、こういう話をしてくれたのです。マサコが言いますのにはもう少しお話がしてみたかったと申しておりました。もしよろしければ、二人だけで会った上でお付き合いさせていただくかどうかを決めさせてほしいとのことでした。息子さんにその旨伝えていただけませんか。」

「ママ、僕もそのようにしてもらえるとありがたいのだ。その代わり、今度のデートは僕に任せてくれないかと聞いてみて。」

「分かったわ。そう返事しておくわ。」

返事の電話のあとで、母は尋ねた。

「ボク、何か良いプランでもあるの。よかったらママにも聞かせて。」

「車でドライブして、K市立農業公園で散策しようかと思っているのだ。」

「あそこは良いところね。当然バーベキューね。」

「ああ、そのつもりだけど。」

「あんたは、車だしお酒も弱い方だから、一滴も飲んではだめよ。」

「分かっているよ。パパのように強くもないし、大学時代のことがあるから、自重しているよ。」

ヒデは下戸というよりも、きわめてお酒に弱い体質だった。ビールならコップ二杯、お酒なら半合程度で酔いが回る方だった。父との晩酌もこの程度で付き合っていた。ところが、大学一年の時、東京の大学との合同合宿で、事情をよく知らない相手側の大学の部長さんに、闇雲に勧められた。今で言う急性アルコール中毒になり、救急車でN県S市にある救急病院に搬送された。この時のことは意識不明になって倒れてから翌日ベッドの上で目覚めるまで、全く記憶になかった。ヒデが目覚めると大学の同級生の一人がこう約束してくれた。

「ヒデ、ごめんなあ。俺も気を付けていたのだけれど。俺は一生お前には無理に注いだりしないいし、皆にもそうするように言うよ。」

彼は皆の信望も厚く、三年の時には部長になっている。時折、大学時代のサークルの同窓会があっても、ヒデはいつもウーロン茶を注いでもらっている。

次の日曜日に、ヒデはマサコを近くの私鉄の駅まで迎えに行った。ヒデの家はS電鉄のH駅から歩いて十五分ぐらいの距離で、マサコの家はM駅からバスで二停留所ぐらいのところにあった。

ヒデはH駅のそばに車を停車させ、歩道橋を上って改札口へと急いだ。マサコは、白いブラウスに水色のスカート姿で出迎えてくれた。早速、ヒデはエスコートして助手席にマサコを乗せた。ヒデは車が結構好きであった。自動車そのものというより車に乗るのが好きで、この当時はコロナのハッチバッククーペに乗っていた。

ヒデの給与ではこのような車をなかなか買えない。でも、ヒデの勤めている役場には通勤に使用する車両に限って、低利子の融資制度があった。ヒデも限度額の百万円を借りて購入していた。

マサコはまだ新しい車の乗り心地にこう言った。

「素敵なお車ですね。それにとても運転も慣れていらっしゃるわ。私もこんな良い車じゃないけれど、スポーツタイプに乗っています。」

「何に、乗っているのですか。」

「ジェミニのスポーツタイプです。」

「運転には自信があるほうですか。」
「もし、機会があれば今度は私が運転させてもらってもよいですよ。」

二人はK市立農業公園へと車を走らせた。農業公園はK市の西部に位置し通称ワイン城と呼ばれている。施設内にはワイナリーやワインに関する資料館などがある他に、バーベキューコーナーもあり、地元で生産されたワインを飲みながらバーベキューを楽しむことができる。

ヒデは受付で和牛但馬牛のバーベキューセットを二人分、海鮮セット、野菜セットをそれぞれ一人分買った。マサコのことも気づかってミニボトルとウーロン茶も購入した。

マサコは、今で言うさばけたところのある女性でヒデにこう言った。
「ヒデさん、よろしければ、形だけの乾杯をお願いできますか。」
「ごめんなさい。僕は極端に弱い方ですし、運転もあります。乾杯ならウーロン茶でさせてもらいます。」

「マサコさんはお父さんの晩酌などには付き合われますか。」

「はい、週に二回ぐらいですが、ビール一本ほど付き合います。ヒデさんはどのくらいですか。」

「僕も、父の晩酌に付き合うことは付き合いますが、コップ二杯ぐらいです。それ以上は、だめなのです。」

「どうしてですか。」

ヒデは大学時代の合同合宿で、急性アルコール中毒になったことを話した。

「じゃあ、タバコはやられるのですか。」

「ええ、マイルドセブンを一日一箱程度吸います。マサコさんは吸われますか。」

「いいえ、でも昔は遊びで少し吸っていたこともあります。メンソールのタバコでしたが、もうやめました。」

バーベキューの食材が焼けてきたので、話題を変えてお互いの家族のことなどを話した。この程度の話では正直いって盛り上がりに欠け、ヒデはやや不満を感じた。食事の後で、公園内をヒデの案内で散策した。終わった後に、マサコの家の近くまで送っていってこの日は別れた。

家に帰って、その日のことを母に報告した。

「どうだった。お付き合いしてみる。それともお断りする。」

「良い感じだったけど、お互い話題が少ないのだ。大学時代の学生生活の話でもしようと思ったけれど、遠慮して言い出せなかったよ。」

「じゃあ、相手さんの返事次第ということでよい。」

「ああ、よいよ。」

程なく、例の婦人から連絡があった。

「失礼致します。本日はとても丁寧にお誘いくださり、食事までごちそうになってありがとうございました。マサコは意気揚々と帰ってきたそうで、マサコの言葉でいうと、私のような者でも良ければぜひお付き合いさせてください、とのことです。息子さんさえ良ければ正式にお付き合いさせていただけませんか。」

「はい、少しお待ちください。息子と代わります。」

「はい、代わりました。大変明るくて素直そうな方なので好感を持っています。私もこれといって話題の少ない方ですが、お付き合いさせてください。」
「そうですか。マサコに連絡しておきます。きっと喜ぶと思います。」

その翌週のデートは正式にお付き合いが決まって最初のデートだった。マサコの仕事の都合で土曜日の午後からになった。ヒデはマサコと早く親しくなりたいと思っていた。

マサコの家の近くにあるバス停まで、マサコを迎えに行った。

ヒデの家の近くのファミリーレストランで食事を取った後、K市立海浜水族館までマサコをドライブに誘った。二人は大水槽、熱帯槽、ラッコ館、いるかライブショーなどを見学した。マサコはあどけない子供のようにはしゃいでいた。その後に、水族園近くのレストランで夕食を取った。海鮮料理のレストランで、マサコは遠慮がちにビールの小瓶を頼んだ。

S町の海岸沿いを、ヒデの愛車は軽快に走行していく。ヒデは音楽のボリュームを上げて、黙って運転に集中した。マサコは言った。

「あら、この曲、聞いたことあるわ。ねえ、なんて曲。」

「YMOのライディーンという曲なのだよ。邦楽はほとんど聴かないよ。」

ヒデはそう答えながら、マサコの手を握ってみた。マサコは手を引こうとしたが、思い返して恥じらいながらヒデの手を握り返してきた。

ヒデはある確証が欲しかった。マサコがずっと付き合い続けてくれるものか分からなかった。

H町の人工島にN島中央公園がある。野球場を併設しているので、時折、社会人野球が練習に来る。ヒデは公園の明かりが消えているのを確認して駐車場に車を止め、マサコにこう言った。

「車の中にいたせいか、上気してしまったのです。よかったら外気に触れてみませんか。」

「ええ。」

車を降りると、マサコの両肩を抱き寄せキスをした。簡単な挨拶のつもりではあったが、マサコも強く返してきた。数分が経過した。

マサコは不可解な意味の言葉を言った。

「お見合いと言うより、ガールフレンドが欲しかっただけ。」

ヒデは答えずに、再び強く抱擁した。


ヒデはこの日以降、急にマサコが身近な人のように感じていた。毎週のようにドライブしながらデートを重ねていった。動物園、プラネタリウム、史跡などを訪ねたりした。中でもO県ブルーハイウェイに出かけた時にはマサコは珍しく弁当を持ってきてくれて、ヒデを喜ばせた。また、おきまりのK市デートも二度ほど行き、観光周遊バスで異人館や中華街などを巡った。

そんなある日、ヒデは役場の公民館職員の女性にこう頼まれる。

「ヒデさん、役場からは三名ほど出られるのだけど、ふるさと祭りのカラオケ大会に出ない。」

ふるさと祭りはH町の恒例行事で、毎年夏に盆踊りをかねて行われている。この時には、バザーや模擬店の他にカラオケ大会も行われていた。ヒデは歌うことには少し自信があったので気軽にこう言った。

「よいですよ。申し込んでおいてください。でも、上位入賞は多分無理ですね。」

「頑張ってよ。私も教育長も一票持って審査に臨むのだから応援するわ。」

当日は、マサコも応援に駆け付けてくれた。

予選ではムード歌謡の『よせばいいのに』を歌った。十名が残る決勝戦では『氷雨』を熱唱した。結果は七位であったが、審査員特別賞をもらえた。マサコは大喜びで、今日は私がおごってあげるからと言って、お好み焼き屋で打ち上げをしてくれた。

ヒデには役場時代、もう一つの楽しみがあった。それはゴルフ同好会であった。普段のコンペでは、いつも最下位かブービーであった。そんな話をマサコにしていたある日、マサコはこう言った。

「私も少したしなむのです。一緒に打ちっ放しに行きません。」

「ああ、よいけど。」

軽く返事をしたものの、マサコのゴルフは堂に入っていた。軽くスイングして、ヒデの七番アイアンで一六〇ヤードも飛ばしていた。しかも、ウッドでもスプーン（三番ウッド）で二〇〇ヤード程度をオーバーしていた。ヒデのスイングはコンパクトだが窮屈すぎていた。同じ七番アイアンでも一四〇ヤードぐらいしか飛ばない。しかもスライスが多い。

マサコはグリップをしっかり握ることと最後まで球を見て打つことをアドバイスしてくれた。その結果、ヒデの球筋は見違えるほど良くなった。ゴルフコンペの前日に、マサコはヒデには理解できない言葉を言っていた。

「いい、私が遠くで見守っているから、思う存分プレーしてきてね。私はヒデさんがきっと優勝できると信じているわ。」

「ああ、がんばるよ。教えてくれてありがとう。」

当日、ヒデは絶好調でトータル一〇四でプレーを終えた。結果は準優勝だった。ヒデは、意気揚々と帰宅し母に報告した。もちろんマサコにも報告した。電話するなり、マサコはこう言って、またもヒデを驚かせた。

「風のうわさで聞いたのだけれど、準優勝だったそうね。景品はオーブントースターでしょ。私、なんでもお見通しなの。ヒデさん、明日仕事が終わったら、残念会を兼ねて会わない。」

「ああ、そうしよう。」

翌日の夕方、マサコを誘って、ヒデはK市にあるロシア料理の店へ出かけた。マサコは上機嫌になり口数も多かった。

「このお店、前から行きたかったの。でも、どうして知っていたの。」

「仕事でお付き合いしている県庁の職員さんに連れてきてもらったのだ。」

「私、とっても良い気分、ワインにも酔ってきたわ。ヒデさん、私、何かお祝いをしたいのだけど何がいい。」

「マサコさん、特には何も欲しいものはないよ。でも、君ともっと親しくなりたいのだ。」

「そう、分かったわ。」

マサコは、その後、ホテルにヒデを誘った。でも、しっかりとこんな言葉を言った。

「ヒデさん、こんな関係はいや。はっきりと、人生を決めてほしいの。」

「今度会うときには、僕の気持ちをしっかりと伝えるよ。」


ヒデは学生時代をR山の麓にある大学で過ごした。だから、山麓のドライブには自信があった。プロポーズの場所に選んだのは、当時あった山頂のテラスであった。ヒデはその日のために、百貨店で給与の三倍もする指輪を買っていた。山頂の展望台までは、二人とも黙っていた。山頂に着くと、とても素敵な夜景が二人を包んでいた。

ヒデはこう切り出した。

「マサコさん、僕、二十万円程度の給料なのです。これで二人の生活をしていく自信はありますか。」

「ええ、だめなら私も働きます。」

「僕と、結婚してください。」

「はい、喜んでお受けします。」

ヒデは、指輪をマサコに手渡した。


その後の二人は首尾良く結婚に向けての準備をしていた。だが、ヒデは結婚生活に向けての準備の途中で、マリッジブルーという状態になる。各種のストレスが溜まってきていた。新婚旅行の予行練習として役場の同僚が付き合ってくれた海外旅行でも極度の緊張感から焦燥感に駆られ、不安神経症に陥った。

ヒデは心療内科に通い始め、マサコとも疎遠になっていく。マサコの方も、結婚の延期条件だった半年が過ぎて、婚約の解消を申し出てほしいと要望してきた。ヒデには父から、もう終わったんだよ、とだけ結果が知らされた。

こうして、ヒデは人生では初めて結婚に結びつくような恋愛をしたわけだが、今ではヒデの思い出の中で大切にしまわれている。

（完）

忘れた記憶

時は慶びに沸く令和の時代より平成の世にさかのぼる。平成二十年頃のことであった。この物語の主人公の男にはきちんとした姓名がない。後述するが、A市の市役所の福祉課の職員から二見五郎という名前を与えられていたにすぎない。A市F町はA市の西部に位置し、それより東に位置するU町、O町とともに後からA市に吸収合併された地域であり、現在も各々の市民センターが設置されている。この施設では通常の戸籍交付などを取り扱う住民課の窓口業務が、本庁と同様に行われていた。

さて、五郎と称する男のいる場所は、A医療病院というところであった。いわゆる精神科の病院で、五郎は一時的記憶喪失という病気でA警察署からこの病院に連れてこられたのであった。五郎のいる部屋は畳の部屋で六人が十畳の部屋に入院していた。

今朝は、五郎が隔離室と呼ばれる保護のための部屋から転室して、三日目の日の朝であった。五郎は所在なげに布団をたたんで、朝の洗面をしていた。何も持たずに入院した五郎はコップ、歯ブラシ、歯磨き粉、タオルだけは与えてもらっていた。五郎は思った。

『ここはいいなあ。食事も出てきて、洗面も、歯磨きもできる。あとはなんだかタバコのようなものをやってみたい気がするぐらいかなあ。』

洗面所で同室の青年に出会った。青年は人懐っこい様子で挨拶をしてきた。初老の五郎はもちろん人生の先輩であった。

「おはようございます。きのうはよく寝ておられましたね。調子はどうですか。」

「おはよう、挨拶ありがとう。まだ慣れないけど調子はまずまずだ。」

「ところで、何の病気で入院されているのですか。」

青年は聞きづらいことを平気で聞いてきた。しばし、返事に困っていた五郎に、青年は矢継ぎ早にこう畳みかけた。

「統合失調症のようにも見えますが、それとも鬱とかそう鬱とかですか。」

「私はまともだ。そんなふうな病気ではない。一時的な記憶喪失障害だ。」

「すいません。ぶしつけなことを聞いて。気になされるのなら謝っておきます。僕、柳川と言います。やなっちと呼んでください。」

「分かったよ、やなっち。俺は仮の名前は二見五郎というのだ。よろしくな。」

やなっちも、それ以上のことは聞かなかった。五郎の方からも特に話しかける話題はなかった。

こうして目を合わせずに食堂の方へ二人は出ていった。

話は三日ほどさかのぼる。私鉄電車のF駅で、ある男が駅前広場を歩いていた。F駅と言っても平成の世になって、東F駅ともう一つ新駅の西F駅ができている。その東F駅での出来事であった。HS電車はHホールディングスのH電鉄の系列の私鉄である。そのため特急停車駅の東F駅にはHS電車の直通特急が停車する。F地区の住人は北部にあるJRのT駅から普通電車に乗って、乗り換えない場合は西A駅から快速に変わる電車でK市方面に通勤通学する。ただ、O駅には西A駅で新快速電車に乗り換えて、時間短縮してO市方面に向かうことが一般的であった。JRのT駅とS電車東F駅とは直線距離で約二キロ離れており、自転車通勤の人は別として、近いほうの駅から通勤するという傾向のようだ。

さて、ある男は実際にO市あたりに通勤する手段として、東F駅より直通特急を利用している。その日の朝も駅の北側のロータリーを歩こうとして、異変に気が付いた。広場の駅舎寄りに誰かがうつ伏せで倒れていたのを発見した。その男は慌てて声をかけた。

「もしもし、大丈夫ですか。意識はありますか。」

でも、倒れている男は身動きすらしなかった。やむなく、本当はしてはいけないことだが、慌てていて気が動転したので、倒れている男の身体を揺り動かしてみた。少し反応があったことを確認のうえで、もう一度揺り動かして大声で呼びかけた。

「もしもし、気が付かれましたか。返事をしてください。大丈夫ですか。」

その男の呼びかけに倒れた男は低い声でこう言った。

「ありがとうございます。気遣っていただいて。」

「気が付かれましたか。起きられますか。」

「いいえ、身動きできないようです。助けてください。」

『弱ったなあ、忙しい時に。でも、人助けだから助けてあげよう。』

「警察を呼びましょうか。それとも、消防でしょうか。」

　倒れていた男はすぐには答えずにこう尋ねた。

「ここはどこですか。私は誰でしょうか。」

「あなた、頭を打っておかしくなったのではないですか。」

「さあ、全く覚えていません。誰か救いの方を呼んでください。」

　面倒なことなら警察に通報するのがよいのだけれども、見たところ、現場作業に従事しているようだが男の身なりは小奇麗にしているようであるので、助けた男も一一九番に通報することに決めた。

「もしもし、消防署ですか。東F駅の前で初老の紳士の方がうつ伏せに倒れられていて、身動きが取れない状態です。」

「分かりました。あなたはどなたですか。」

「通りがかったものです。まあ、善意の市民のようなものです。」
「ご協力ありがとうございます。手配して五分以内にまいりますが、お忙しい時に失礼ですが、しばらく現場で見守っていてあげてください。」
しばらくして、けたたましいサイレンを鳴らして、救急車が到着した。

これより、話は約一週間前にさかのぼることになる。T駅はA市とK郡H町との境界付近に近く、駅舎の所在地はH町である。H町はH県で最も小さい町で行政区域は約九平方キロメートルとなっている。古くからT駅の利用客はH町、A市F町、それに隣接するK市H町とずっと北部に位置してT駅より路線バスでつながっているK郡I町の利用者が多いのである。

ただ、同じ郡にあってもH町とI町は行政区界を接することなく、飛び地の郡として存在していた。I町はもともと市街化調整区域の良好な農地部分が大きく、H町に比べて行政区域も十倍以上もある。近年は、T駅からの路線バスの停留所のある地域を中心に区画整理が推し進められ、K地区などに新市街地の住宅地区が形成されてい

料金受取人払郵便

新宿局承認

2524

差出有効期間
2025年3月
31日まで

（切手不要）

郵便はがき

1 6 0-8 7 9 1

1 4 1

東京都新宿区新宿1－10－1

（株）文芸社

愛読者カード係 行

お名前《ふりがな》			明治 大正 昭和 平成 年生 歳	
ご住所《ふりがな》	□□□-□□□□			性別 男・女
お電話番号	（書籍ご注文の際に必要です）	ご職業		
E-mail				
ご購読雑誌（複数可）		ご購読新聞 新聞		

最近読んでおもしろかった本や今後、とりあげてほしいテーマをお教えください。

ご自分の研究成果や経験、お考え等を出版してみたいというお気持ちはありますか。

ある　ない　内容・テーマ（　　　　　　）

現在完成した作品をお持ちですか。

ある　ない　ジャンル・原稿量（　　　　　　）

書　名			
お買上 書　店	都道　　　　市区 府県　　　　郡	書店名	書店
		ご購入日	年　　月　　日

本書をどこでお知りになりましたか?

1.書店店頭　2.知人にすすめられて　3.インターネット(サイト名　　　　　　)

4.DMハガキ　5.広告、記事を見て(新聞、雑誌名　　　　　　)

上の質問に関連して、ご購入の決め手となったのは?

1.タイトル　2.著者　3.内容　4.カバーデザイン　5.帯

その他ご自由にお書きください。

(　　　　　　　　　　　　　　　　　　　　)

本書についてのご意見、ご感想をお聞かせください。

①内容について

②カバー、タイトル、帯について

弊社Webサイトからもご意見、ご感想をお寄せいただけます。

ご協力ありがとうございました。

※お寄せいただいたご意見、ご感想は新聞広告等で匿名にて使わせていただくことがあります。

※お客様の個人情報は、小社からの連絡のみに使用します。社外に提供することは一切ありません。

■書籍のご注文は、お近くの書店または、ブックサービス(0120-29-9625)、セブンネットショッピング(http://7net.omni7.jp/)にお申し込み下さい。

る。また、路線バスの経路である県道S線沿いには古くからため池が点在し、農業の基盤を築いていた。
ところで、T駅からの路線バスの起点に近いところにもT大池という池があり、水上公園として整備されていた。野鳥の観察やバーベキューなどにマイカーを利用して、散策に来る家族連れも多いところである。

その日、一人の見慣れない服装をした初老の方が、とぼとぼと県道沿いを歩いていた。空腹でいたたまれなく何とかしようとしたが、見知らぬ世界の方らしく、いわゆる金目《かねめ》のものは持ち合わせていなかった。夜も八時頃を回り自動車の流れは多かったが、歩いている人はいなかった。このような世界の人も、あらゆる世界の共通のボディランゲージとして右手を大きく挙げて合図を送るらしい。その男は道を通り南へ南下する車に何度か手を挙げてみた。でも、皆、男の身なりを見て映画の撮影のようにも思えたので、停車するもすぐに通り過ぎていった。男が着ている服は紫色のつなぎのレザーのウェットスーツのようにも見えた。

すると、遠くにハイウェイのランプのようなものが見えてきた頃のことだった。このバイパスはKバイパスと呼ばれ無料だが、有料の第二S道路へと続く。東H地区とK市をつなぐ重要な路線である。自動車は軽くクラクションを合図のように鳴らして、ライトを点滅させて停止した。

まずは、女性の人がおりてきてこう聞いた。

「おじさん、ヒッチハイク。よいけど、私たちはH町の人工島付近に用があるの。それにその格好からして、『どっきり』かなんかでしょ。」

男は日本語を完全にマスターはしているものの、若い女性の言おうとしている言葉の意味が理解できなかった。

「事情があって、こんなところを歩いていたのだ。水と食料を調達できるところまで連れて行ってくれればいいのだ。」

「ちょっと待って、健坊と相談するわ。」

女は車に寄っていき、ドライバーに声かけた。

「健坊、聞いて。このおっさんちょっとおかしいの。言っていることがチンプンカンプン。まるで映画のロケか『どっきり』のようなのだけど、妙にまじめにやっているの。ねえ、かわいそうだから話に乗ってやらない。」

「それはよいけど、お礼ぐらいは持っているのだな。」

「おいおじさん、金目のものは持っているのだろうな。」

「ああ、現地の通貨はないが、よその星で手に入れたルナール金貨が三十枚ぐらいはある。」

「ちょっと見せてくれ。ほう、これはどこの金貨だ。」

「それは、天王星で手に入れたものだ。」

「マリン、この人、おかしいわけじゃないようだぜ。きのうの夕方、T大池付近で光るUFOのようなものを見たと、仲間の一人が言っていたよ。」

「そりゃあ、大変ね。」

「ちょっとおっさん、私たちに危害を加えたら承知しないわよ。」

「ああ、約束するよ。それに、助けてくれたら金貨十枚ぐらいはお礼してもよいぞ。」

「マリン、話に乗ってやろう。」

「ああ、分かったわ。」

「俺が、レートを決めてやる。」

「おじさん、今から言うことをよく聞けな。金貨八枚よこせ。そうしたら現地通貨、小三枚と中一枚をやるよ。現地では小を千円、中を五千円と言っている。これで何か必要なものを買いな。」

「それはよいけど、後はどうなる。」

「まあ、慌てずによく聞いてくれ。もう二枚くれ。それからあんたの服と俺の服との交換で、さらに良い話を聞かせてやるよ。」

＊＊＊＊＊

この続きの前に、宇宙から来た男の話を少ししてみよう。男は八十世紀の人間で、アレクサンドロス銀河団のフィアット惑星の王族の一人でガンディス・ケルニスと言う。そもそもはフィアット王国の王位継承順位は六番で、国王の伯父のケルニス卿の孫であった。現皇太子とはまたいとこにあたる。王位から遠く一生をかけての学術研究が、銀河系の太陽系を含むルナ王朝の歴史的考察であった。タイムワープ機能を有する宇宙船に乗り、銀河の実践的研究に出てもう二年になっていた。月や金星でも地球の情報はある程度理解や文献研究は可能であった。しかし、ガンディスは古文書や資料の多く存在する現在の地球で実践的研究がしたかった。

ところが、H県南西部にタイムワープしたところ、計器や機材の不調で不時着を余儀なくされていたのである。ジャイロ・ナビゲーションシステムで入念に自動操縦に切り替えT大池へ不時着したのであった。

＊＊＊＊＊

「おっさん、宇宙人やろ。私もSF好きやったから分かるねん。」

「宇宙人という言い方は私たちの世界ではしないが、異星人とか異邦人とか言っている。」

「だったら聞くけど、この金貨、USドルでどのくらい価値で買ったの。」

「その通貨単位は私たちの世界にもある。ざっと一万ドルくらいだ。」

「分かったわ。健坊、大五枚ぐらいやってよ。」

「俺から説明するよ。たとえ十万円やったとしてもこの世界じゃそう長く続かない。約束どおり大一枚ぐらいはくれてやる。」

「それは、ありがたい。服も交換してくれるのだな。」

そう聞いて、健坊は車を傍らに止めて、着ている服を交換し、さらに一万円手渡した。

「さて、ここからは大事な話だ。まずは、ドライブインまで送ってやるからそこで解散だ。美味しいものを食べて、腹いっぱいビールを飲んでもよい。でもなあ、中一枚だけは必ず残しておけ。それと言っておくが、アルコール類は今日でさらばしないといけないのだ。その代わりゆっくりと静養できる施設に入れて、なおかつ日に十本ぐらいはタバコも吸わせてくれる。食事も与えてくれるし、風呂にも入らしてくれて、リースで着替えも用意してくれる。」

「私も歴史学者だから分かるが、それは刑務所というところか。」

「バカ言っちゃいけないぜ。精神科の病院というところに入院するのだ。」

「費用は、どうする。」

「落ち着いてよく聞いてくれ。費用は無料だ。おまけに月二万弱の小遣いも支給される。」

「ほう、好条件だな。」

「ただし、しばらくは病院外へは出られなくなる。」

「売店みたいなものはあるのか。」

「ああ、あるし、必要なら小遣いの範囲で注文もできる。」

「あんた、詳しいなあ。」

「ちゃんと店を持つ前は、ぐれていて麻薬もやっていたこともあるのさ。」

「気をつけることは何だ。」

「この先には公共ラインのＪＲのＴ駅がある。ここでもよいのだけれど、わざと病院から遠い私鉄ラインのＳ電車の東Ｆ駅まで行ってもらう。」

「今からか。」

「そうじゃないのだ。明日の朝の午前七時頃に駅前の広場で、通行人の支障にならないよう、黙ってうつ伏せに倒れたふりをしていて、じっと時を待つのだ。」

「それじゃあ、身動きできないふりをするわけか。」

「ああ、そして言うのだ。ここはどこですか。私は誰ですかと気づいたふりをした時に繰り返して言うのだ。決して事情を言ってはいけないよ。」

「ああ、分かってきた。記憶喪失の家出人のふりで通せということか。」

「あんた、学者さんらしく理解が早いな。」

「そして、俺たちは金貨十枚もらったから、これ以上は要求しない。何かの時のために道々気が付いたところで公園などに深く埋めて隠してしまうのだ。」

「ありがとう。また、何かの時に出会えたら、たっぷりお礼はするよ。」

健坊たちはガンディスをランプ近くのドライブインまで運んで、心配そうな表情で別れた。

翌日の朝、ガンディスは言われたとおりに東F駅の駅前広場で倒れていたところを、通りがかった人が通報して、救急車がやってきた。

「すいません。ご苦労様です。ここに倒れている初老の男性なのです。」

「少しお話を聞かせてください。今、意識はありますか。」

「はい、気が付かれたようです。」

「何か言っておられましたか。」

「それが頭を打っておられたのかもしれないし、記憶が全くないようなのです。自分の名前も分からないようです。」

「そうですか、ご協力ありがとうございました。一応警察にも連絡しておきましょう。それでは失礼します。」

救急隊員は慎重にガンディスを担架に乗せて救急車を走らせた。

「心拍数正常、心電図異常なし。」

「これじゃあ、精神科の救急病院に連れて行くしかないな。」

「A精神病院までお願いします。推定五十歳男性、身体状態正常、一時的記憶喪失の疑いあり、対応をお願いします。」

「はい、申し訳ありません。現在病床満床でお受けすることができません。」

「仕方ないなあ、A医療病院をあたってくれ。」

消防隊員は二つ目の病院に対応を求めて了承を取り付けた。同時にA警察にもその旨を伝えた。A警察ではすぐさま対応に追われた。

「係長、また記憶喪失の疑いのある行方不明人です。」

「そうか、今年に入って二度目だなあ。A市役所の福祉課へ連絡して、担当者を病院によこすように依頼しておけ。」

「はい、了解しました。」

ここからはガンディスのことをある男と称しておくが、こうしてある男はA医療病院に収容された。

病院の窓口で消防隊員が緊急の入院の対応を手続きしていた。そこへ、順番にA警察、A市役所福祉課の担当者が到着してきた。消防隊員は先に診察室に入り、緊急担当医に事情を話していた。

「先生、あおむけに倒れていたようですが、軽く頭部を打ったようです。そのはずみで記憶がなくなってしまったようです。」

「そうですか。それでは念のためにCT検査もしておきましょう。患者さんと関係者にも入ってもらってください。」

市の担当者とA警察の警察官が入室してきた。ストレッチャーから診察用のベッドにある男を救急隊員が運び入れ、診察が始まった。

「もしもし、患者さん、意識はありますか。」

「はい、意識はあります。」

「これが何本に見えますか。」

「三本です。」

「今日は、何年何月何日ですか。」

「はっきりとは分かりません。」

「あなたのお名前は何ですか。」

「分かりません。覚えていないのです。」

「ここは何県何市ですか。」

「それも分かりません。」

「じゃあ、簡単な計算をします。」

「百から七を引くといくつですか。」

「九十三です。」

「その次に七を引くといくつになりますか。」

「八十六です。」

「頭に異常は見られないようです。念のために検査をしておきます。」

男を検査室に運んでいる間に病院側は事務課長を呼んで市の担当者と打ち合わせをしていた。

「先生、やはり記憶喪失の疑いがありますか。」

「知能検査などもやる必要もありますが、まず一時的記憶障害だと考えます。」

事務課長は福祉担当者に尋ねた。

「費用の方はA市の福祉の費用で賄っていただけますか。」

「ええ、そうしますが、先生、どのくらい回復するのに期間がかかるものでしょうか。」

「こればかりは個々のケースによって異なります。物理的な療法、俗に言う電気治療というものもやってみるつもりです。何かのきっかけも必要ですし、一年ぐらいは必要だともいえます。」

「そうですか。ところで警察の方ではどのような協力をしていただけますか。」

「やはり、行方不明人名簿、家出捜索人名簿との照合と指紋の照合は行ってみます。また、所持金は八千円程度でしたので、あの場所にたどり着いた経路なども含めて捜査してみます。」

若い方の担当の女性は先輩格の男性に確認するように言った。

「主任、当面は生活保護の手続きで行く必要があるようです。それでよいですか。」

「ああ、君の方から書類をまとめて起案しておいてくれ。」


検査を終えて入室した男に担当医は説明した。

「ご主人、一時的な記憶障害と考えます。入院して治療し静養しながら回復を待ちましょう。期間は半年程度必要と考えています。よいですね。」

「はい、分かりました。」

「先生、医療保護入院ですか。」

「この状態ですからやむを得ないでしょう。市長が保護者となってください。患者さんのお名前はどうしておきましょう。」

「君、市のネットで調べて適当な名前をつけておいてくれ。」

「主任、二見四郎までありますので二見五郎でよいですか。」

「ああ、分かった。それで頼む。」

こうして、五郎は静養、安定のため保護室に二日入院した日の後に、一般病室に移された。閉鎖病棟は満床のために男女混合の開放病棟に入った。

朝の食事が終わった後に、検温と昨夜の様子等を看護師が聞き取りにやってくる。五郎は何か困ったことはないかと尋ねられ、少し退屈していますと答えた。看護師は同室の男性患者五人に五郎を紹介して、仲良くしてほしいと紹介した。

やなっちはこういってくれた。

「五郎さん、作業療法というのが午後からあるのだ。さっきの看護師さんに頼んで主治医の許可をもらい参加してみたらどうだい。」

「どんなことをするのかい。」

「ゲームの日があったり、運動の日があったり、個別の活動があったりするよ。」

「個別の時、君は何をするのだい。」

「僕はジグソーパズルとかプラモデル、ＣＤ鑑賞とか読書だなあ。」

「退屈しのぎに行ってみたいなあ。」

「そうかい、それじゃ一緒に詰所に行って、看護師さんに頼んでもらおう。」

看護師は係長に相談した。

「五郎さん、ＯＴに行きたいと言うのだけど。」

「良いことね、先生に相談してみて。きっと忘れた記憶の回復にも役立つことだと思うわ。」

看護師は担当医を捕まえて話してみた。医師は意外と簡単に許可を与えた。ただし一つだけ、言語の習得という条件を出していた。漢字ドリルや作文等で、失っている記憶に何かのヒントを与えようという目的だった。

その日の昼食はカレーライスであった。やなっちが看護師と五郎が打ち合わせしていた後に知らせてくれた。ここの病院ではカレーライスの日だけは余分に調理してあり、お代わりができるようになっていた。一般に言うところの甘口カレーだが味気ない普段の献立からするとごちそうと言えた。五郎も軽くお代わりをした。五郎は思った。

『これで、コーヒーやタバコが少しできたら、十分すぎるほどだ。』

やなっちにその思いを相談すると、コーヒーはインスタントにより自前で用意しなければならないこと、タバコは十本渡しと一箱渡しがあることを知った。

ＯＴすなわち作業療法は午後一時半から三時半までの間、月曜から金曜日まで、ＯＴ室にて行われる。作業療法まで三十分ほどあったのでさっきの看護師に、コーヒーとタバコのことを相談した。

「そうねえ、福祉からは月額二万三千七百円お小遣いが出るの。リースの病衣代、それとコップ等の日用品の購入もしたし、入院した時に窓口に預けた八千円余りとして、少し間食もしたいだろうし、詰所からお小遣いを五千円おろすとしても、ちょっと今月あたりは苦しいわ。コーヒーは買ってあげるけど、タバコは一日六本渡しにしてくれない。」

「はい、それでよいです。注文はできますか。」

「タバコの注文だけにしてね。その他は、月初めに小遣い五千円を詰所の方から出してあげるからそれで工面してちょうだい。」

五郎は大食漢ではないし、愛煙家と言っても一日に吸う本数も守ることもできる。なんだかすんなり自分の思いどおりになるこの病院が好きになっていった。

程なく、看護師がやってきて、コーヒーセットとスプーンを渡してくれた。

「これが一ヵ月のコーヒーセットと思って、あまり飲みすぎないようにね。それとタバコケースに今日は午後からの三本のタバコを入れといたわ。毎日消灯前にタバコケースは詰所に返しておいて。」


五郎は午後一時半前に看護師に連れられて、OT室に入室していた。比較的古い建物だったが、十分に広い部屋であった。机といすが並べられ、コーナーにはソファーセットが置いてあった。その脇にはミニコンポと患者が作ったのだろうか、花籠に造花が植えられていたり、陶芸品が陳列されていたりした。棚の下部にはCDがぎっしりと置かれていた。

「ようこそおこしいただきまして。私は作業療法士の竹浪雅子と言います。よろしくお願いします。」

雅子は小柄な美形の人でスタイルも良く、患者からは姫と呼ばれているらしい。はなはだ恐縮だが現皇后陛下と同名のためのゆえんだそうだ。


姫は、まず五郎に聞いた。

「何かやってみたいことなどありますか。主治医の先生からは、記憶を取り戻すために言葉や漢字の勉強も必要であるとの指示が出ていますが。」

「はい、おいおいそのようにしていただくとして、今日は読書などしてゆっくり過ごします。」

「そうですか、分かりました。で、どのような本を読みたいですか。」

「あまり肩の凝らないような婦人雑誌などにします。」

「なら、本棚の上の方に並べていますので、自由に読んでいてください。あとで、二〜三ほど、指導上のアンケートに協力していただきますがよろしいですか。」

「はい、分かりました。」

五郎は本棚から若い女性用の服飾雑誌を取り出して眺めていた。

『そうか、このようなファッションがこの時代の主流か。』

姫はめいめいの席に移っていき、てきぱきと指導や助言をしている。五郎は展示されている編み物、手芸、工芸、パズル、プラモデルなどを見ていた。

やなっちは唐突に言った。

「先生、ポルノグラフィティの曲をかけてもよいですか。」

五郎は愛称の姫様とは呼びかけづらく、考えた挙げ句、こう尋ねた。この病院では医師だけではなく、作業療法士や運動療法士なども先生と呼ばれている。

「先生、今日からタバコを休憩時間に吸えることになったのですが、私もここの休憩時間に吸ってもよいですか。」

「よいですよ。でもあなた、午後は三本と決められているようだから気をつけて吸ってください。よいわね。」

「はい、もちろんそうします。」

姫は人気があり少しの間でも自分の席に戻るとすぐに他の人にお呼びがかかった。

しばらくして姫は五郎のもとへやってきた。

「簡単なアンケートです。初めて来た方には協力してもらっています。」

五郎はアンケート用紙に二見五郎と書いてアンケートに臨んだ。趣味、嗜好、特技、スポーツ、音楽など多岐に記載する項目があった。最後に自由な記載欄があった。OTで何を学習していきたいかという設問だった。五郎はしばし悩んだ挙げ句、中世の歴史などを学んでみたいと書いてみた。この時代はネットでまだそれほど詳しい検索は十分ではなかったが、姫はこの設問の回答に対して、百科事典やネット検索の仕方を指導しますと答えてくれた。

「へえ、五郎さんは格技が特技ですか。でも。暴力はだめよ。」

「もちろんです、初心者ではありませんので、まあ空手の流派の一つです。」

そこへ、たまたまやなっちがやってきてこう誘った。

「やったあ、五郎さん組手ができるのだ。僕、今はこのようですがボクシングのジュニアフェザー級でインターハイベスト4まで行ったのです。」

「先生、体育館の方で少しトレーニングしてもよいですか。五郎さんと一緒に。」

「よいけど、危ない真似はだめですよ。」

「もちろんそうします。組手というかスパーリングのようなことをやってみるだけです。」

「よいでしょう、五郎さん。」

「よいですが手加減はしませんよ。」

この病院には前理事長の就任四十周年記念の体育館が建てられていた。OT室はその一部の部屋に作られていた。更衣室、シャワールームも設けてあり、十月の体育の日には屋内運動会が開かれていた。

やなっちは僕も最初は手を抜かずにやらせてもらいますと言って、いきなりシャドウボクシングのように身構えた。五郎は両手を交差させ防御する態勢をしていた。五郎は言った。

「二～三発思いっきり入れてみてくれ。君のパンチを肌で感じてみたい。」

「ようし、行きますよ。」

そう言った瞬間に、やなっちの左右のボディブローが飛んでいた。重いずっしりくるパンチであった。五郎は一瞬ぐらついたが、次の瞬間、正拳でやなっちの右わき腹を一発突いた。やなっちは少しかわし気味に受けたが、それでもこう言った。

「お見事です。なんという流派ですか。」

「流派に習ったこともあるが、後は自己流です。私の記憶では分かりません。」

後は、寸止めで組手をして互いにひと汗をかいた。汗を拭いてからOT室の方に戻った。


五郎は姫にこう話した。

「いい汗かかしてもらいました。やなっちはやりますね。」

「そう、それではタバコ時間にしてください。」

やなっちはタバコはしない。やむを得ず一人でタバコ休憩をとっていた。

こうしているとなんだか故郷の学生時代を思い出していた。王立カレッジで空手部に所属し、黙ってこそっと、その頃覚えたタバコを体育館の隅に隠れて吸っていた。

もう四十五歳になるが、公務が忙しくて結婚どころか、付き合う女性も多くなかったなと思い起こされていた。

入院患者の多くは時計を持っていない。姫の助手がやってきて、休憩時間の終わりを告げた。


姫には今度は簡単なパズルをやりたいと申し出た。姫は小さな犬のパズルを渡してくれた。五郎は器用にパズルのピースを器に仕分けし、隅の方から組み入れていった。姫も時々見にきてくれていて、周囲と四分の一程度が出来上がっていた。姫は聞いた。

「五郎さん、得意なほうね。」

「なんだか分からないけれど、やったことがあるようです。」

「時間も来ましたし、今日はこのあたりでおいてください。今度の個別学習の時間に前半で完成できるように私も手伝います。後半には国語の勉強をしてもらいます。」

こうして、OTで楽しく時間を過ごしていく。次の回にはパズルは完成し、ニス塗りをして枠を張った。余った時間は漢字の読み書きテストを行った。来る日も来る日も漢字ドリルばかりで飽きた頃に、姫はパソコンに誘った。

「五郎さん、パソコンの使用方法は分かりますか。」

「いいえ、分かりません。」

実際、五郎は日本の最新式のパソコンに触れたこともなかった。五郎の船では音声入力か、日本語はキータッチでローマ字入力していた。説明されるままに、五郎はワードで簡単な文書入力を教わった。

「五郎さん、手紙というか、なんでもいいのだけれど作文を書いてみてくれますか。」

「先生、何を書けばよいでしょうか。」

「そうね、簡単な詩とかエッセイとかでもよいです。ワープロ用紙一枚以内で考えながら入力してみてください。」

五郎は、記憶をもとに少しずつ書き始めていた。

＊＊＊＊＊

銀河連邦は新宇宙恒星連盟の下部機関で、主にイスカンダラス銀河団を中心に数十の連盟、同盟等で構成されていた。銀河系のある地域は銀河連邦の中西部に位置し、古代よりルナ王朝が栄えたところである。銀河連邦は主として中央部四十州、東部二十五州、ルナ王朝を含む中西部三十州、西部四十州、北部四十五州より構成される中規模の連邦組織であった。地球のある銀河系は主として古来より広大な王朝が栄えた地域であり、ルナ王朝の他にミトコンドリアン王朝、イスカンダラス朝などが主なものである。ルナ王朝はもともと、地球の存在する銀河の太陽惑星団の木星に起源を発し、その後地球の月に遷都して、水星、金星、地球、火星、木星、土星と惑星開発が進められた。そこから出発して広域に勢力を拡大し、現在のアレクサンドリア銀河団までも包括するようになり、銀河連邦としても広域な国であった。

元来、女王が王位を継承し、夫を迎えて摂政として王朝の全ての政務をつかさどっていたのである。

＊＊＊＊

「先生、こんな空想の物語の書き出しですが、どうでしょう。」

姫はつぶさに読んで、いぶかしそうに五郎に言った。

「あなた、本当はよその世界の方でしょう。しかも、地球を含む銀河系の歴史に詳しい歴史学者か何かでしょう。」

五郎はしばし黙っていた。

「よいわよ。私は秘密にしておいてあげる。だから、黙って退院の許可が出るまでゆっくりと暮らしなさい。」

「先生、どうしても話しておきたいのですが。」

「よいわよ、小声で話して。いくら精神科の病院でもそこまで話したら誇大妄想狂と勘違いされるわ。」

五郎はこれまでの経緯やここに来たいきさつなどをつぶさに話した。姫は納得してこうつぶやいた。

「要は宇宙艇の故障をあなたの国の王室の方に連絡して修理に来てもらうことと、地球の実生活を踏まえた過去の社会の体験学習というところね。」

「まあ、そんなところです。」

「分かったわ。私にできることならなんでも協力するわ。言ってみて。」

「まず、この時代の学術的資料。文献や文書の要約の写し、それに外出できるようになったら近くの図書館での学習など。そんなところです。」

「それじゃあ、今度からはネットで検索して、いろいろと資料を出して、百科事典からも調べてコピーしましょ。」

「それと外出の許可が出るように、作業療法士からも治療のためにと進言しておくわ。もう一週間もすると許可が出るはずよ。」

「ありがとう、先生。」

「先生はよして、姫でよいわ。」

事情が分かると姫も心安く話してきてくれる。作業療法で二週間に一度の調理の時間にも、姫は積極的に五郎を誘った。

「五郎さん、今日はカツカレーを作ります。皆さんも役割を決めて手伝ってください。やなっちはカレーの準備、マッコさんと一緒にやって。五郎さんはカツづくり、私とさと子さんでお手伝いします。」

手際よくカレーが作られていった。一般の野菜カレーである。五郎は少しできるようで豚ロース肉をたたいて、脂身の先に包丁を入れて切り込みを入れた。その肉にさと子が衣をつけ、姫が揚げていく。五郎も手伝わせられていた。五郎は姫の手際の良さに舌を巻いた。五郎は一瞬、こんな方なら自分の伴侶にしてみたいと空想していた。

美味しく出来上がり、皆でご飯をよそって試食した。話題は今度の運動会のことであった。やなっちは言った。

「僕はリレーとパン食い競走を希望するよ。五郎さんはどうする。」

「私は二人三脚と玉入れくらいかな。」

マッコが茶化してこうつぶやいた。

「五郎さんと先生、年恰好も似合いのカップルよ。先生、一緒に二人三脚で出てあげたら。」

「五郎さんどうしよう。」

「私からもお願いします。」


あれから約一ヵ月が過ぎていた。あの時からもう約二ヵ月になる。五郎はOTにいそしんで週末はA図書館に通っていた。そんなある日、A市役所の福祉の担当者と主任がやってきた。担当者は単刀直入にこう言った。

「私どもとしては主治医の許可が出れば二週間先ぐらいに退院していただいて、市営住宅に入居していただこうかと思っています。」

「どうでしょう、今から主治医の先生と相談してみますがよろしいですか。」

「あの、家賃はもちろん市が負担してくれるとして、家財などはどうしたらよいでしょうか。」

「一応布団等の購入代金として七万円提供します。それと現在のお小遣いの残が二万円程度ありますので何とかリサイクルショップにて購入していただきます。」

「それ、僕一人で手配するのですか。」

主任が隣の担当者に向かって言った。

「君が手伝ってあげてやれ。病院のケースワーカーさんと一緒に行って手配してあげればよいだろう。」

五郎は退院の手続きを了解した。早いもので、それからK崎にある市営住宅を見学したり、リサイクルショップやスーパーに行ったりして結構忙しく過ごした。そして、新規の戸籍が作られ住民票も交付してくれた。


ようやく退院の一週間前になって、久しぶりに落ち着いてOT室に顔をのぞかせに行った。

「あら、五郎さん調子はどう。退院に向けて順調に進んでいる。」

「はい、順調です。姫、新しい住所です。また病院あてに姫に手紙書きますから、返事を必ずください。」

「そう、でもそれって、文通のお誘いなの。」

「ええ、まあ、文通程度から姫とお付き合いできれば幸せだなあと思っています。」

「そう、じゃあ、私あての手紙が来たら喜んで読ませていただいて、お返事させていただきます。」

退院の日、姫は福祉課の人に連れられて出ていく五郎を玄関まで見送ってくれた。

その後の話について筆者はよく伝え聞いていない。だが、なんでも一年間の文通による交際の後に、姫は突如寿退職と言って、病院を退職されたそうだ。同僚の方には遠い国にお嫁に行くのと言い残していたそうである。

（完）

著者プロフィール

苗田 英彦（なえだ ひでひこ）

昭和30年1月26日 兵庫県伊丹市生まれ。兵庫県在住。
昭和45年4月 兵庫県立伊丹高等学校入学。
昭和48年4月 神戸大学工学部土木工学科入学。
昭和53年3月 同卒業。
昭和53年4月 兵庫県加古郡播磨町役場就職。
昭和63年3月 同退職（主に都市計画行政を担当）。

28歳の時　軽い不安神経症に悩む
平成5年9月 母死去（天涯孤独となる）
平成6年5月 統合失調症により入院
平成6年から詩の創作を始める
平成6年11月 2級の障害基礎年金、及び共済障害年金受給決定
以降入退院を繰り返す
趣味　夫婦旅行

平成18年1月 自主制作詩集「白い世界」（非売品）
平成19年1月 自主制作詩画集「今を生きる」（非売品）共著／高見雄司
令和元年9月 処女詩集「生を受けて」風詠社
令和4年6月 詩集「君にしてあげられること」風詠社
令和4年9月 「灰色の世界の頃 ―苗田英彦作品集―」文芸社
令和5年9月 詩集「あけぼの」風詠社
令和5年10月　日本詩人クラブ会員に登録

ブログ 「生を受けて（苗田英彦のブログ）」

夢のように —苗田英彦作品集 2 —

2024年 4 月15日　初版第 1 刷発行

著　者　苗田 英彦
発行者　瓜谷 綱延
発行所　株式会社文芸社
〒160-0022　東京都新宿区新宿1－10－1
電話　03-5369-3060（代表）
03-5369-2299（販売）

印刷所　株式会社フクイン

ISBN978-4-286-25274-2